Siggi Selector

Sex mit der
Sexbombe

Besser als im falschen Pornofilm

von Siggi Selector

Impressum

Buchtitel:

Sex mit der Sexbombe
Besser als im falschen Pornofilm

Autor:
Siggi Selector © 2018

Titelfoto und Fotos im Buch © Siggi Selector

Bibliografische Information der Deutschen Nationalbibliothek:
Die Deutsche Nationalbibliothek verzeichnet diese Publikation in der
Deutschen Nationalbibliografie; detaillierte bibliografische Daten sind im
Internet über http://dnb.d-nb.de abrufbar.

Herstellung und Verlag:
BoD - Books on Demand, Norderstedt
ISBN: 9783752848113

Contents

Die Sexbombe mit Megatitten

Agnes ist Polin, trägt ihre langen, blonden Haare offen. Auf ihren Schuhen ist sie ca. 175 cm groß. Sie ist Anfang 30 und hat ein besonderes Merkmal: Riesige Brüste, silikongestützt, BH Göße ca E.

Das muss sie natürlich betonen und trägt daher Kleidung mit tief ausgeschnittenem Oberteil, der Ausschnitt reicht oft bis zum Bauchnabel. Natürlich stört kein Büstenhalter die Optik.

Frauen mit großen Busen sind meist auch mollig. Nicht aber Agnes. Sie hat lange, schlanke Beine, schmale Taille. Damit man nicht nur auf den Busen schaut, trägt sie nur ein kleines Miniröckchen. So fallen auch die langen Beine auf. Summa summarum sieht man sofort, daß sie eine Sexbombe ist.

Agnes hat einige Jahre in einem Laufhaus in der Lupinenstraße in Mannheim gearbeitet. Dieses Büchlein ist meine Hommage an die Frau, die eine Sexbombe ist und ein Pornostar sein könnte.

Sex finden ohne Mühe

Ein Laufhaus ist wie ein Hotel, dessen Zimmer nur an Sexdienstleisterinnen vermietet werden. Die Männer schlendern durchs Gebäude, besuchen jedes Stockwerk, schauen in die Zimmer und suchen eine Dame des horizontalen Gewerbes, die ihnen die Erfüllung sexueller Träume verspricht.

Lufhäuser sind in meinen anderen Büchern übrigens ausführlicher beschrieben, aber folgendes muss ich noch sagen:

Männer auf der Suche nach einem sexuellen Abenteuer mit einer schönen Frau sollten nicht in eine Disco oder eine Kneipe gehen und anständige Frauen anquatschen, anmachen wenn sie doch nur eine Sexpartnerin suchen. Dabei verlieren sie nur Zeit und geben ihr Geld unnötig aus. Ein Mann sollte sich fragen, ob er Sex oder Salsa haben will. Um eine Sexpartnerin zu fnden, muß man sich nicht den Wolf tanzen oder Frauen verführen.

In Laufhäusern werden Männer garantiert fündig, denn im Gegensatz zum Singlemarkt mass man hier keine Frau anmachen und verführen.

Im Laufhaus werden nämlich die Männer von den Frauen angemacht.

Die Anmache der Freudenmädchen ist einfach, simpel und direkt. Sie müssen nicht drum herum quatschen wie wir Männer im Singlemarkt:

„Darf ich dich zu einem Getränk einladen?"

„Hab ich dich nicht schonmal irgendwo gesehen?"

„Würdest du mit mir morgen ins Kino gehen?"

Die Männer wollen doch sowieso nur das Eine.

Aber sie trauen sich nicht zu sagen: „Hallo schöne Dame, sie sehen so fantastisch aus, daß ich gerne mit Ihnen ins Bett gehen würde. Sex machen. Haben Sie Lust? Gehen wir zu mir oder zu dir?"

Die Freudenmädchen im Laufhaus sind da viel ehrlicher und direkter. Sie sagen:

„Zwanzig Minuten Blasen, Ficken, Anfassen nur 30 Euro. Hast du Lust? Willst du reinkommen?

Im Internet, wo in Foren über Prostituierte diskutiert wird, da wird das oben erwähnte Angebot übrigens mit „BFA" abgekürzt.

Agnes baggert anders

Ich erzähle meinem Kumpel Bodo von Agnes, beschreibe sie ihm, wie ich sie auf Seite 6 beschrieben habe und schwärme:

„Agnes sieht nicht nur aus wie eine Sexbombe, sie ist schon an der Tür zu ihrem Zimmer schärfer als die anderen Mädchen in der Lupi. Sie fragt dich nicht ob du Lust hast, soddern stattdessen sagt sie: ‚Ich will ficken!' und ‚Komm, fick mich.'

Dabei schaut sie dich geil und verführerisch an, klimpert mit den Wimpern, verruchter Augenaufschlag, leckt sich dabei die Lippen und streichelt sich die Brüste.

Sie schiebt auch mal das Kleid zur Seite, und führt Deine Hand an ihren Busen. Da kriegt auch der letzte Impotente wieder Lust in den Lenden.

Wer bei dieser Türshow keine Lust auf sie kriegt ist in meinen Augen einer, der Angst vor Sexbomben hat."

„Die hat bestimmt Silikon in den Brüsten", wirft Bodo ein.

„Ja, aber die Ausrede: ‚Ich steh nicht auf Silikon' lass ich bei Agnes nicht gelten. Ich hatte in meinem erfahrungsreichen Leben viele Frauen mit großen Brüsten im Bett. Ich hatte alle Sorten von Busen in den Händen und sogar im Gesicht und ich kann eines versichern: Die Riesentitten von Agnes fühlen sich nicht an wie hartes Silikon. Man sieht zwar, dass mit Silikon nachgeholfen wurde, aber deine Hand kann das Silikon bei Agnes nicht fühlen."

„Nee, nee, ich steh nur auf Naturtitten", sagt Bodo trotzdem.

„Glaub mir Bodo, ich bin Busenfetischist und habe schon Hunderte echte und seit diesem Jahrtausend immer häufiger auch unechte Busen erfühlt. Also ich bevorzuge doch lieber einen schönen großen künstlichen Busen, als natürliche, kleine Schlafftitten, wie sie viele Frauen haben. Und überhaupt: Agnes sieht aus wie ein Pornofilmstar. Genau wegen dieser riesigen Titten und ihren ultralangen blonden Haaren sieht sie aus wie ein Pornofilmstar."

„Na los, dann erzähl mal mehr von ihr.", sagt Bodo und ich erzähl ihm alles von Agnes. Wie ich Agnes das erste Mal gesehen hatte und warum ich immer wieder zu ihr gehe.

12

Reste ficken war einmal

Es war an einem dieser Rotlicht-Abende, die man Freitag nennt. Meine Kumpels, die immer noch nicht kapiert haben, dass man Sex auch haben kann, wenn man nicht den ganzen Abend notgeil Frauen in Discos anbaggert, trieben sich mal wieder auf der Salsa-Party im Zapatto rum und bemühten sich, mit ihren Tanzkünsten irgendwelche anwesenden Frauen zu beeindrucken. Dabei mussten sie leider mit denjenigen Frauen tanzen, die noch nicht vergeben waren.

Mit anderen Worten: Sie gaben sich mit den Frauen ab, die übrig geblieben waren, weil die hübschen ja schon einen Freund hatten. Selbst wenn sie eine von den übrig gebliebenen Durchschnittsfrauen rumkriegen würden, dann wäre es doch nichts anderes als „Resteficken".

Nee, darauf hatte ich schon lange keinen Bock mehr. Die „Sex oder Salsa"-Frage habe ich für mich und meine Leser längst beantwortet.

Wenn ich Sex will, dann gehe ich dahin wo es Sex gibt. Warum soll ich toll tanzen müssen, wenn ich nur geil bumsen will?

Ich gehe lieber in die Lupinenstrasse, zu den jungen, hübschen Mädchen, den Fackeln und Granaten, die dort für Geld zu haben sind.

Mein eigener, zufriedenstellender Freitag Abend sieht mal wieder so aus: Ich gehe in meine Stammkneipe, treffe dort ein paar Stammgäste, trinke gemütlich mein Bierchen und quatsche Männergespräche.

Sogar die Chefin hinterm Tresen darf zuhören. Weil ihre Kneipe um die Ecke vom Puff ist, hat sie viele männliche Gäste, die sich gerne über das Thema Sex mit Profis unterhalten. Da kriegt sie so einiges mit und hat sich dran gewöhnt, dass Männer eben gerne vom Thema Nummer 1, dem Sex reden. Und von Heldengeschichten oder mißlungenen Abenteuern erzählen.

Nach ein bisschen Plauderei mit der Bedienung und dem einen oder anderem Kumpel zahle ich dann mein Bier und verabschiede mich für einen „Spaziergang". Alle, die mich kennen, wissen dann, wohin ich gehe.

Nämlich in die Lupi.

Profis gehen zu Profis

In dieser für minderjährige Jungs und alle braven Frauen verbotenen Zone gehen die Damen des horizontalen, ältesten Gewerbes der Welt, ihrer Arbeit nach: Sie machen Männer glücklich.

Nun ja, manche Männer machen sie glücklich und manche Männer verarschen sie.

Eigentlich wie im normalen Leben. Diejenigen Männer, die die Prostituierten respektvoll behandeln und nicht herablassend wie „billige" Schlampen, die werden auch entsprechend korrekt bedient.

Wer allerdings die „Nutte" bezahlt und meint, er könne sich auf ihr respektlos alles herausnehmen und sie behandeln wie ein Stück Dreck, der wird wohl schnell die Lust verlieren. Die Mädels des Gewerbes haben ihre Tricks, wie sie einen ungehörigen Kunden schnell wieder loswerden. Ohne ihm das bereits gezahlte Geld wieder zurückzugeben.

Die erfahrenen Männer jedoch, die auch wissen, wie man mit Frauen umgeht, die können auch mit Huren gut umgehen.

Prostituierte sind auch nur Frauen, mit den gleichen Gefühlen, die alle Frauen haben. Der einzige Unterschied:

Die Prostituierten arbeiten im Sexgewerbe und wegen dieser Dienstleistung haben sie schon nach kurzer Zeit in diesem Job mehr Erfahrung im Umgang mit geilen Männern als alle anderen Frauen, die ja nicht so viel Verkehr mit fremden Männern haben.

Weil die Männer, die zu Huren gehen, auch mehr sexuelle Partner im Leben haben als diejenigen Männer, die nicht zu Huren gehen, treffen hier im Puff die sexuell erfahrendsten Männer auf die sexuell erfahrendsten Frauen.

Wenn dann noch die Chemie zwischen dem Kunden und seiner Dienstleisterin stimmt, dann führt das zu fantastischem Sex, jedenfalls für den Mann. Für die Frau war es wohl nur ein Routine-Job.

18

Im Fickparadies

An diesem Abend begebe ich mich mal wieder in die professionellen Hände von Milla, der ich auch ein Buch gewidmet habe. Es hat den Namen:

„Gruppensex im Laufhaus"

Milla arbeitete zur damaligen Zeit im obersten Stockwerk des Laufhauses mit Namen „Ritz".

Nach der schönen Nummer mit Milla die übliche Verabschiedung: Küsschen links, Küsschen rechts und anschließendem Nasereiben, wie die Eskimos es machen. Dann steige ich die Treppen des Laufhauses hinab. Ich bin auf dem Weg in die Eckkneipe, um das „Bier danach" zu trinken.

Es war also ca 5 Minuten nach meinem letzten Orgasmus, da sehe ich Agnes in ihrem atemberaubenden Kleid und sie leckt sich die Lippen, streichelt ihre Möse mit der einen Hand und den Riesenbusen mit der anderen. Dann geht sie in die Knie, schiebt den Unterkörper vor, dann dreht sie ihn zur Seite, hebt das Bein, schiebt das Kleid hoch, dass ihr Knackarsch frei liegt und schaut kess über die Schulter und leckt sich noch immer die Lippen.

Sie geht auf mich zu, nimmt meine Hand, legt sie mir an ihren Busen und haucht: „Komm, fick mich!"

Diese blonde Sexbombe sieht aus wie Pamela Anderson und steht da in der Tür und macht mich an!

Hey, bin ich im Fickparadies?

Eben noch war ich mit Milla im Bett, und fünf Minuten später treffe ich auf eine Sexbombe, die noch geiler aussieht, als die, die ich gerade gebumst habe!

Die Pornoqueen wiederholt ihren Befehl:

„Komm rein und fick mich!"

Und ich sage cool:

„Ja mach ich, aber erst gehe ich ein Bier trinken."

Ein Mann ein Wort.

Nach 2 Pils, 3 Zigaretten und 40 Minuten in der Kneipe dachte ich, jetzt wollen wir doch mal sehen, was noch geht.

Wieder hoch ins Laufhaus Ritz, diesmal nur bis in den dritten Stock. Da stehen mindestens vier junge Mitbürger um sie rum und betatschen ihre Titten.

Sie lässt es geschehen, alle vier gaffen und gieren. Sie zieht sich ins kleine Zimmer zurück. Das Zimmer ist rot, drin steht ein TV, der Ton ist laut aufgedreht und es erschallt Pornosound und auf dersen Mattscheibe läuft ein Pornofiilm mit einer Darstellerin, die ungefähr genau so große Brüste hat wie Agnes.

Die vier Jungs treten sich an der Türschwelle gegenseitig auf die Füße, eigentlich brauchen sie ein Gesichtskondom, weil: Der Geifer tropft ihnen aus dem Mund und das Sperma läuft ihnen aus den Augen.

Agnes steht jetzt nicht vor der Tür im Gang des Laufhauses, sondern in ihrem Zimmer. Sie legt die Brüste frei und einer von den vier Bubis macht es sich bestimmt gerade in der Hose und macht sich gleich in die Hose.

Ich trete von hinten an die Boys heran und frage: „Was ist, will sie einer von Euch ficken oder wollt ihr nur gucken?"

Sie schauen mich an, als ob ich der Zuhälter von ihr wäre und einer traut sich und fragt mich:

„Wollen Sie die Frau?"

„Klar will ich sie!", sage ich, und die Jungs machen mir sofort respektvoll den Weg frei.

Ich schüttle nur den Kopf über die Grünschnäbel. In der Kneipe spielen sie sich auf wie Terroristen, und hier haben sie Schiß vor einer Sexbombe.

Drinnen macht Agnes mit ihrer Show weiter, zieht das Kleid schon fast ganz aus und leckt sich noch immer die Lippen und ich sage:

„Moment mal, erst die Konditionen.", und gebe sie vor: „30 Euro, alle Positionen, 20 Minuten?"

Sie nickt. Ich ziehe mich aus, während ich sie ansehe. Sie räkelt sich inzwischen nackt auf dem Bett, wichst sich die rasierte, schöne Muschi, gibt erotische Laute von sich und klimpert mit den Augen, winkt ich solle ins Bett kommen und sagt:

„Komm, fick mich!"

Wie im Pornofilm

Ich geh aber nicht ins Bett. Ich weise sie an, sich in voller Größe aufs Bett zu stellen, dass sie vor mir steht.

Jetzt schaue ich sie mir nur an und genieße den Anblick dieser Sexbombe vor mir. Sie steht auf dem Bett wie auf einer Bühne, ein Sexbomben-Pornostar. Gleich werde ich sie ficken.

Mein Schwanz regt sich und gibt zu verstehen, dass ich wieder mal richtig selektiert habe.

Sie greift mein wachsendes Glied und verleiht ihm die volle Härte. Sie streift ein Gummi darüber und beginnt zu Blasen.

Wohl gemerkt, ich hatte Blasen in meiner Konditionsverhandlung nicht gefordert, sie hat's aber gemacht.

Wenn ich nach unten sehe, sehe ich ihren blonden Hinterkopf. Ich will aber nicht ihren Hinterkopf sehen. Glücklicherweise sind zwei Spiegel an den Wänden und so kann ich Agnes im Spiegel zuschauen, wie sie vor mir kniet und mich bläst.

Der Spiegel ist wie ein TV Gerät, in dem ein Pornofilm gezeigt wird, wo gerade eine blonde Sexbombe mit Megamöpsen einem alten Bock einen bläst. Starring:

Agnes als Pornostar und Siggi als geiler Bock.

Ich genieße, dass mal wieder ein langgehegter Wunschtraum von mir in Erfüllung geht:

Ich wollte schon immer mal die blonde Sexbombe Pamela Anderson ficken.

Und wie ich so in den Spiegel sehe, da stelle ich eine Ähnlichkeit fest: Ich habe Sex mit Pamela!

Damit Pamela, äh Agnes, nicht nur bläst, gebe ich durch Berühren Zeichen, dass sie damit aufhören soll. Ich will die Busenqueen jetzt ficken!

Sie wirft sich auf den Rücken und schmeißt die langen Beine gen Himmel. Ich sehe ihre rasierte Muschi und werde noch geiler.

Sie murmelt etwas von "Lecken 10 Euro extra" aber es ist kein Kobern, nur ein freundliches Angebot, das ich aber mit Kopfschütteln ablehne.

Ich streichle mit meiner Hand über ihre Scham. Sie nimmt einen neonfarbenen Kunstpenis, wahrscheinlich aus Silikon, vom Nachttischchen und streichelt sich damit über die Möse, schiebt das Ding aber nicht rein.

Sie leckt sich die Lippen, stöhnt geil und öffnet die Beine noch weiter. Ich schau mir ihre rosafarbene Lustpforte noch einmal gut an, dann stecke ich meinen harten Lümmel herein.

Wegen des formgebenden Silikons in ihrem Busen sehen ihre Brüste sogar gut aus, wenn sie auf dem Rücken liegt.

Dennoch will ich andere Aspekte. Erst mal von Hinten. Wegen der Spiegel sehe ich Agnes und ihre prachtvollen Mördertitten sowohl von der Seite als auch von vorne.

Trotzdem schau ich auch mal auf ihren echt knackigen, runden Arsch, hinter dem ich gerade kniend rhythmische Zeugungsbewegungen mache.

Ich greife ihr von hinten an die Titten und ziehe ihren ganzen Körper hoch. Wir knien jetzt beide, ich von hinten in ihr drin. Wir schauen beide in den Spiegel und erfreuen uns des Anblickes, der jedem Kameramann eines Pornofilmes ein Freude gewesen wäre. Und wir sehen uns im Spiegel, in unserem eigenen Pornofilm, und bumsen dabei weiter.

Eigentlich hätte ich noch lange so weitermachen können, aber Zeit ist Geld und ich bin sowieso zu geil und habe bestimmt bald meinen Orgasmus.

Die letzten fünf Minuten soll Agnes mich reiten.

Ich sehe die Brüste vor meinen Augen wogen und sie schlägt sie mir ins Gesicht. Ich drehe den Kopf zur Seite und sehe die Dinger im Spiegel, wie sie über meiner Nase baumeln. Herrlich, dieser Pornofilm, den ich gerade mit Agnes erlebe.

Ich greife wieder in die Busenpracht hinein, knete, verforme, drücke, ziehe, hebe, quetsche, lutsche und sauge ihre Busenpracht. Dann schaue ich mir wieder die ganze Agnes an, wie sie auf mir reitet und die Riesenbrüste fliegen hin und her wie in einem Film von Russ Meyer, aber mit Pamela Anderson in der Hauptrolle und der Höhepunkt dieses Filmes ist, dass ich in der Hauptdarstellerin abspritzen darf. Ahhhh !

Agnes steigt von mir ab, demontiert das Gummi ohne etwas zu verspritzen und reicht mir ein feuchtes Erfrischungstuch.

Ich stehe auf, nehme noch ein trocknes Wisch und Weg von der Küchenpapierrolle.

Agnes spült sich die Muschi, obwohl ich wegen des Gummis ja nicht reingespritzt habe und wäscht sich die Brüste, was wichtig ist, weil der nächste Kunde ja auch daran lutschen will.

Ich ziehe mich an, wir unterhalten uns ein wenig und ich verspreche, dass ich wiederkomme. Wenn ich so was sage, dann mach ich es auch. Seit dieser Nummer gehörte Agnes zu meinen Leibspeisen.

Aber natürlich kann ich nicht jeden Tag das gleiche essen. Deshalb habe ich ihren Heiratsantrag, den sie mir bei einem meiner nächsten Besuche gemacht hat, auch abgelehnt.

Der Heiratsantrag

Agnes fragte mich doch tatsächlich beim Sex, während sie in der Missionarsstellung unter mir lag:

„Bist du verheiratet?"

„Nö, bin ich nicht, bin frei".

Da fragte sie mich: „Willst du heiraten?"

Ich fragte zurück: „Ob ich generell heiraten will, oder meinst du, ich soll DICH heiraten?"

Sie sagte: „Ja, willst du mich?"

„Nö, ich will generell nicht heiraten. Ich will nur Sex, keine Ehefrau.", antwortete ich und schob den Lustknüppel etwas tiefer rein und bumste weiter. Innerlich mußte ich echt grinsen.

Herrlich, wie ehrlich man im Puff sein kann! Man stelle sich vor, ich hätte das zu einer anderen Frau im Bett gesagt!

Ich erinnere mich an Isabel, meine Story im Buch „Die Schöne war das Biest": Isabel hatte mich nach dem Sex gefragt, ob ich „es ernst" mit ihr meinen würde und nur weil ich nicht sofort ja gesagt habe, hat sie mich aus dem Bett und ihrer Wohnung geschmissen. Nee wirklich, ich hatte einfach nicht sofort geantwortet, hatte gar nichts gesagt und schon war Isabel sauer auf mich, weil ich mit der Antwort zu lange gezögert hatte. Sie schmiss mich so schnell raus, dass ich dann gar nichts mehr sagen konnte.

Und das „Black Girl", von der ich in „Sex oder Salsa" berichtet hatte. Auch die hat während des Sex gefragt: „Will you marry black girl?" Ich hatte „No" gesagt und sie hat mich von sich runter geschmissen und erst wieder auf sich draufgelassen, nachdem ich ihr erklärt hatte, dass ich sie vielleicht doch heiraten würde, aber natürlich nur, wenn sie auch gerne Sex mit mir macht.

Nachder Nummer mit Agnes trank ich mein kaltes Bier in der Eckkneipe und genoß diesen Heiratsantrag. Hatte Agnes ihn ernst gemeint, oder war es nur eine Marketingmasche von ihr, um sicherzustellen, dass der Stammkunde auch Stammkunde bleibt?

Nun, ich war auf alle Fälle Stammkunde.

Ich kann Stammkunde sein, bei vielen Frauen. Ich muss nicht bei einer einzigen Stammkunde sein. Und weil ich nicht verheiratet bin, kann ich regelmäßig mit anderen Frauen ins Bett gehen, so oft und wann und mit welcher ich will. Ich bin freier als ein Scheich der einen Harem hat. Wenn der eine neue, andere bumsen will, dann muss er noch eine Frau heiraten und sie versorgen.

Inzwischen habe ich genug gelernt im Leben um zu wissen, daß man eine schöne Frau nicht heiraten muss, nur weil man gerne schöne Frauen fickt,und überhaupt: Ehe soll für ewig sein, aber:

Sexbomben entschärfen sich mit der Zeit selbst.

Agnes war eine Sexbombe, wie einem gemalten Comic entsprungen und zu Fleisch geworden.

Sie arbeitete einige Jahre in der Lupinenstraße, ich besuchte sie all diese Jahre regelmäßig, aber ich war ihr nie treu.

Genauso wenig wie ich der Milla treu war. Die hatte ich mit Agnes betrogen, keine Stunde nachdem ich mit ihr im Bett gewesen war.

So etwas gibt's nur im Fickparadies.

Hier im Lupinen-Paradies waren doch auch noch meine anderen Mädels, die zwar keine Sexbombenfigur wie Agnes hatten, mir aber auf deren Art gefielen. Wie schon gesagt, kann man ja nicht immer nur seine Leibspeise essen. Und wer auch mit anderen Profis ins Bett geht, der lernt auch immer was Neues dazu.

Auch bei Agnes lernte ich Neues. Zum Beispiel:

Die Reitvariante ohne Ritt

Hä? Also:

Die im Folgenden beschriebene Reiterstellung kann man nicht als solche bezeichnen, denn es war kein Ritt. Erst mal Ritt definieren:

Ritt ist, wenn der Mann unten liegt und die Frau auf seinem Schwanz sitzt und dann das Becken bewegt, als würde sie auf dem Rücken eines Pferdes sitzen. Ihr Arsch geht entweder im Reitrhytmus vor und zurück oder auf und ab.

Wenn die Frau nicht richtig sitzt, sondern nur über dir hockt, also stehend in die Knie geht, ohne sich richtg auf den „Sattel" draufzusetzen und dann mit Kniebeugen beginnt, so dass der Sattelknauf bei ihr immer rein und rausgeht, dann spricht man vom „gehockten Reiter".

Nun die in der Überschrift angedeutete Variante:

Auf meinen Wunsch hin kniete sie sich über mich, ohne sich draufzusetzen, aber nur auf einem Bein.

Also zu meiner Linken kniete sie mit ihrem linken Bein auf dem Bett, das andere war abgewinkelt, aufgestellt zu meiner Rechten.

In der Mitte über mir sah ich also ein bildschönes Dreieck, das sich langsam senkte. Sie setzte sich aber nicht. Sie balancierte in der richtigen Höhe, und „ritt" so vorsichtig, dass immer nur die Spitze des Penises zwischen den Schamlippen verschwand aber gleich wieder auftauchte. Ich konnte zwar nie richtig in sie eindringen, aber das wollte ich in dieser Situation auch gar nicht. Dieser Zeitlupen-Ritt mit diesem Anblick war einfach zu geil.

Während diesem Ritt masturbierte sie sich zusätzlich mit ihrem Finger ihre Klitoris, stöhnte und sagte „Fick mich".

Also Stöhnen und Dirty Talk.

Und noch etwas erlebte ich erstmals im Leben mit Agnes:

Der Vibrator im Spiel

Jetzt schnappt sie sich auch noch einen rosaroten neonleuchtenden Vibrator, schaltet ihn ein und massiert damit ihre Klitoris, wobei sie mit dem vibrierenden Ding natürlich auch ab und zu die Eichel meines Penis berührt, die ja gleich unter ihrer Klitoris rein und rausgeht. So steigerten wir gegenseitig unsere Erregung.

Ein Point of View –Pornofilm: Die Kamera zeigt in Nahaufnahme den Penis und die Möse, der Kameraschnitt die oben baumelnden Höllenglocken. Diese Bumsstellung, dieser Anblick und dann noch ab und zu der Vibrator an meiner Eichel... Porno!

Ich kam als erster. Und sie kam nicht.

Sie stieg ab und log:

„Noch eine Minute und ich wäre auch gekommen."

Ich schnappte den Vibrator, führte ihn zu ihrer Möse und sagte:

„Leg dich hin, die nächste Minute ist für dich!"

Ficken macht Spaß

Agnes lachte und entwendete mir den Vibrator.

Während ich aufstand, mich reinigte und mich anzog, lag sie immer noch mit geöffneten Beinen auf dem Bett und massierte sich die Scheide mit dem summenden Vibrator.

Dabei schaute sie mich an und sagte:

"Komm, fick mich, ich muss ficken."

Ich bekam glatt Zweifel an meiner Annahme, dass sie gelogen hatte, als sie gesagt hatte, sie hätte nur noch eine Minute gebraucht, um selbst zum Höhepunkt zu kommen.

Da lag sie vor mir und schien geil zu sein. Und ich war fertig.

Sie sagte: „Leck mich"

Und ich sagte: „Ich lecke nicht".

Sie sagte: „Fick mich"

Ich sagte: „Kann jetzt nicht, ich brauche Pause."

Ich zog mich an, während sie da lag und masturbierte.

Ich sage: „Ficken macht dir Spaß, gell?"

Agnes antwortet: „Ja, ich liebe Ficken" und sie fügt sofort hinzu:

„Ich liebe Geld und Ficken."

20 Minuten echte Liebe

Als ich wieder in meinen Klamotten vor der nackten Agnes stehe, springt sie aus dem Bett, reicht mir die Wange fürs Abschiedsküsschen und sagt:

„Ich liebe dich. Liebst du mich auch?"

Ich sage: „Ja, in gewisser Weise schon. Ich liebe dich immer 20 Minuten lang."

Sie schaut verdutzt, bis in ihrem blonden Polenköpfchen der Groschen fällt, dann sagt sie mit typisch polnischer Wortwahl:

Der Nächste, bitte

„Geh weg, ich muss jetzt andere Mann ficken".

Wir gingen zur Tür. Sie schaute den nächsten Mann im Gang an und die Geilheit in ihrem Blick schien echt zu sein.

„Komm, fick mich", rief sie dem Mann zu, während ich noch neben ihr stand. Der Typ bekam scheinbar Angst vor der Sexbombe vom Pornofilm-Format und flüchtete die Treppe des Laufhauses herunter als hätte er ein Monster gesehen.

Wir zündeten uns die „Zigarette danach" an.

„Ich geh jetzt ein Bier trinken, dann machen wir weiter."

Sie griff meine Hand und sagte:

„Nein jetzt weiter, komm, fick mich!"

„Nein, erst brauch ich ein Bier", antwortete ich und verließ sie endlich.

Tja, ich bin über 50 und nicht mehr der Jüngste und nach einem Orgasmus kann ich nicht gleich wieder geil und hart sein.

Auch nicht bei Sexbomben. Selbst Viagra würde nichts helfen. Nach einem geilen Höhepunkt fährt der Körper erstmal runter. Aus der Geilheit wird nach dem Orgasmus ein zufriedenes Glücksgefühl. Wäre ich verliebt, dann wäre jetzt Schmusen und Kuscheln angesagt.

Aber nicht gleich wieder bumsen.

Ich ging in die Kneipe an der Ecke zur Lupi, schüttete zwei Flaschen kaltes Pils in mich rein, während im Fernsehgerät an der Wand eine VIVA-Reportage über Pamela Anderson lief.

Beim Anblick der weltberühmtesten amerikanischen Silikonbrüste musste ich unweigerlich sofort wieder an Agnes denken.

Insbesondere der Anblick auf die Brüste, wenn sie nicht bloß gelegt sind, sondern aus dem Ausschnitt des Kleides herausquellen, ist meines Erachtens wirkungsgleich geil.

Da stehen die Mördertitten von Agnes im Vergleich zu Pamela's Busen in nichts nach.

Ich zückte das Handy, gebe Bodo Bescheid: „Schnell, schalt Viva ein, so sieht Agnes aus, die ich gerade gefickt habe".

Nach dem ich die beiden hopfenhaltigen Erfrischungsgetränke zu mir genommen hatte, ging ich zurück zu Agnes. Die Tür zu ihrem Zimmer war verschlossen. Aha, sie arbeitete gerade mit einem anderen Mann ihr „Komm Fick mich-Programm" ab. Vielleicht schafft der es, ihr einen Orgasmus zu machen, nachdem sie bei mir ja richtig geil geworden war. Ich würde es ihr gönnen.

So eine Einstellung kann man nur haben, wenn man nicht verliebt ist. Und damit habe ich kein Problem. Probleme hätte ich, wenn ich verliebt und eifersüchtig wäre.

Liebe endet mit Liebeskummer.

Sex endet mit Orgasmus.

Die Lust auf Abenteuer endet nie.

Also zünde ich eine Kippe an und warte vor der Tür.

Ein Endzwanziger, südeuropäischer Typ mit kurzen schwarzen Haaren kommt die Treppe hoch und hat einen blonden, gleichaltrigen Kumpel dabei, deutet auf Agnes verschlossene Tür und sagt zu seinem Kumpel:

„Die hat, riesige Titten, aber hab Namen vergessen."

Ich sage zu ihm: „Gell, du hast sie nicht gefickt?!"

Er schaut verdutzt und ich sage ihm:

„Wenn du sie gefickt hättest, dann würdest du ihren Namen kennen und ihn nicht vergessen, weil du immer wieder kommen würdest um sie regelmäßig zu ficken."

Er sagt: „Ey, Mann isch bin konkret verheiratet und liebe meine Frau. Isch bin mit meine Kumpel hier, zeige ihm Puff. Aber isch bumse hier nie, isch bin verheiratet."

Sein Kumpel grinst und sie ziehen weiter.

Ich denke noch, wenn der wüsste, wie gut Agens wirklich ist, dann würde er bestimmt nicht nur gucken, sondern seine Frau betrügen. Wahrscheinlich macht er das auch, hat nur gelogen als er eben sagte er würde hier im Puff nie bumsen. Er war bestimmt schon mal hier. Er wußte ja auch, wie Agnes aussieht, obwohl die Tür gerade zu war.

Die Tür geht auf, ein Mann mit zufriedenem Gesichtsausdruck verlässt Agnes. Sie staunt, dass ich schon wieder vor ihrer Türe stehe.

Da ich weiß, dass sie Raucherin ist, sage ich:

„Jetzt darfst du deine "Zigarette danach" rauchen, dann gehen wir rein."

Wir zünden uns jeder einen Glimmstengel an, rauchen und schauen uns dabei tief in die Augen. Ich gestehe, ich schaute ihr auch ab und zu in ihren Ausschnitt, auf die großen Megamöpse.

Noch bevor meine Zigarette zu Ende geraucht ist, bin ich schon wieder geil.

Noch bevor sie ihre Zigarette zu Ende geraucht hat, sagt sie: „Komm, fick mich.", nimmt mich bei der Hand und schon sind wir wieder im Zimmer.

Zum Aufwärmen setzt sie sich vor mich und reibt sich ihre Brüste mit meinen Schwanz, bis er bereit ist zur heutigen, zweiten Nummer.

Dann begann der Pornofilm mit Agnes und mir noch mal von vorne zu laufen. Gute Filme kann man sich auch zwei Mal hintereinander ansehen.

Zwischendrin sagte Agnes immer:

„Komm leck mich", und ich sagte immer: „Nein!"

Irgendwann fragte ich sie:

„Gell, Lecken gefällt dir?"

„Ja, ist geil."

Einerseits will sie 10 Euro extra fürs Lecken kassieren, andererseits glaube ich, es gefällt ihr wirklich.

Ich war versucht ihr zu sagen, dass sie mir Geld geben solle, dann würde ich sie auch lecken. Aber Prostituierte haben schon so oft den unglaubwürdigen Spruch von Männern gehört: „Normalerweise zahlen die Frauen für mich", dass ich so was blödes natürlich nicht sage.

Also sagte ich ihr zum Thema Lecken folgendes:

„Du küsst nicht, und ich lecke nicht. Es gibt Dinge beim Sex, die macht man nur privat."

Sie antwortete nur: „Komm fick mich", dabei tat ich die ganze Zeit doch nichts anderes.

Ich glaube, Agnes ist naturgeil. Und wenn sie es nicht ist, dann ist sie eine der besten Schauspielerinnen in ihrem Sexdienstleistungsberuf.

Einmal habe ich Agnes gesagt, sie sähe aus wie Pamela Anderson aber sie hatte sofort heftig protestiert.

„Nein, nicht wie Pamela Anderson! Wie Jenna Jameson!"

Tags darauf habe ich mir einen Pornofilm mit der Jenna Jameson angesehen. Jetzt kann ich verstehen, warum sich Agnes mit ihr vergleicht. Pamela Anderson hat nie solche Filme gemacht wie Jenna.

Ich mag Agnes lieber als Jenna Jameson und Pam.

Weil Agnes ständig zu mir sagt: "Komm, fick mich", und das hat Jenna Jameson noch nie zu mir gesagt.

Ja, ich liebe Agnes mehr als die Pornofilmstars aus dem Internet, die sich verheiratete Männer heimlich ansehen. Die moralischen Männer, die nicht in den Puff gehen, holen sich selbst einen runter wenn sie einen Pornofilm sehen.

Ich bin dann eben unmoralisch, unverheiratet und geh mit einem Pornostar ins Bett. Na ja, jedenfalls mit einer Sexbombe, die wie ein Pornostar aussieht

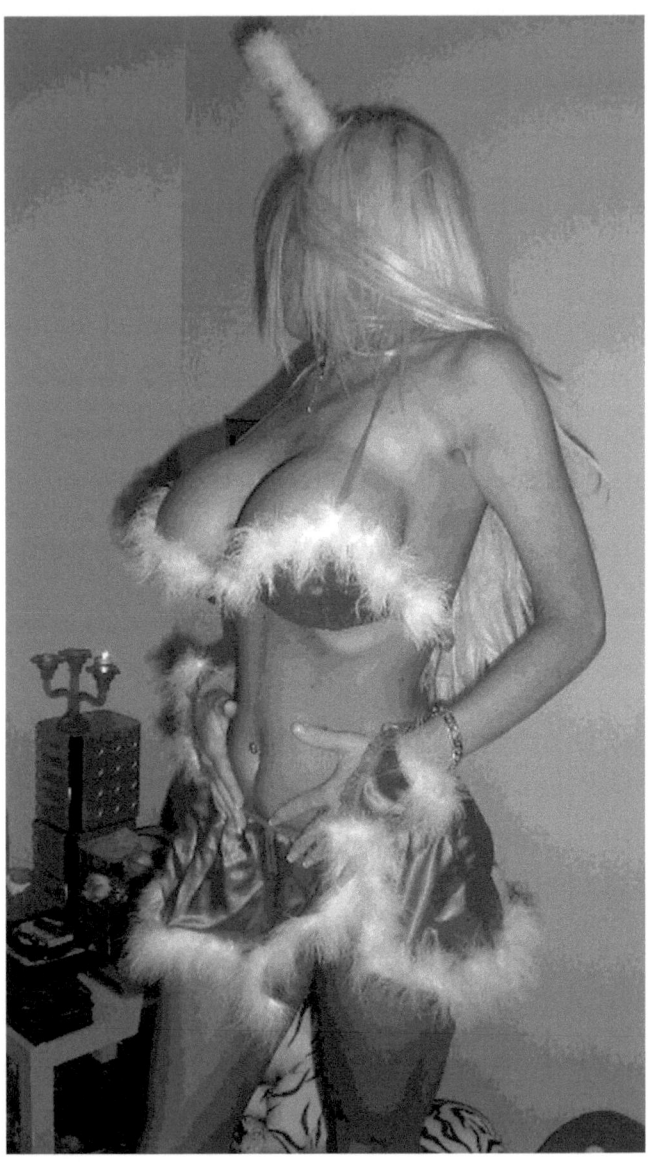

46

Porno-Weihnacht

Was macht ein Kostümfestischist wie ich am ersten Advent? Er packt ein Weihnachtskostüm ein und feiert diesen Tag gebührend:

Am Sonntag war 1. Advent, Zeit sich auf die Weihnachtszeit einzustimmen.

Hab ich dann auch gemacht, aber anders als Familienväter hab ich nicht in das Licht einer Kerze auf einem Adventskranz geschaut, sondern auf die Mördertitten von Agens.

Zu Weihnachten gehört irgendwie „Geschenke-Auspacken", und deshalb hab ich mir die Agnes erst mal stilgerecht eingepackt. In ein Kostüm, aus rot und schneeweiss.

Dazu so Häschenöhrchen, aber auch in Rot/Weiss. Als sie so geschmückt war, hab ich sie dekorativ aufgestellt, auf ihrem Bett, ihrer Bühne und natürlich ein Weihnachtsfoto fürs Erinnerungsalbum geknipst.

Vom weihnachtlichen Glanz ihrer bombastischen Ausstrahlung verzaubert ist bei mir sofort der Kerzenständer hochgegangen und die Agnes hat ihn in die Hand genommen und nachdem sie ihn mit Gummi verziert hatte, auch in den Mund genommen und daran gelutscht.

Ich hab ihr am Weihnachtskostüm rumgefummelt und die Hand ins Oberteil geschoben während sie sich ihre Hand unter das rote Miniröckchen schob und sich masturbierte und beim Lutschen schon stöhnte.

Das war die Einstimmung, eine schöne Adventsfeier folgte. Advent hat ja was mit Ankunft zu tun, und mit Ankommen. Ich kam dann mal über die Bettkante von Vorne und Hinten und auch schräg von der Seite auf sie zu, aber am geilsten war es, als ich dann auf dem Bett lag und sie vom Himmel oben auf mich herunterschwebte und sich auf meinen Kerzenständer setzte.

Da ritt also eine Weihnachtsfrau auf mir, nein eine Sexbombe im Weihnachtskostüm.

Während der Kerzenständer irgendwo unter ihrem roten Miniröckchen verschwunden war, packte ich die Agnes dann obenrum wieder aus, damit ich ihre riesigen Glocken in voller Pracht sehen konnte. Die schukelten dann auch schön vor meinen Augen und es dauerte dann nicht mehr lange und da kriegte ich dann meine Bescherung, was ja immer das Schönste bei einem Weihnachtsfest ist.

Die Weihnachtsfeier dauerte ca 30 Minuten und die Kosten waren 30 Euronen.

Ich sehe Agnes im Minibikini, der nur ca. 20% ihrer Oberweite bedecken kann, wie sie sich gerade ihre "Zigarette danach" anzündet.

Eine lange, schmale, mit weißem Filter, echt ladylike.

50

Zimmerservice vom Frenchmaid

Im Laufhaus, auf ihrem Stockwerk angekommen, sehe ich, daß die Zimmertür von Agnes geöffnet ist. Ich trete näher und schaue ins Zimmer. Sie ist drin.

Sie sieht mich, der Blick den sie mir zuwirft ist schon wieder reinste Anmache, sie kommt zur Tür.

Begrüssungsküsschen, wir strahlen beide um die Wette.

Sie raucht ihre Zigarette zu Ende und wir wissen, was danach kommt...

Sie muss nicht sagen "Komm, fick mich!", sie weiss, dass ich genau aus diesem Grunde zu ihr gekommen bin.

Im den Fasnachtsabtsabteilungen von C&Á und Woolworth hatte ich auch in dieser Carnevalsaison wieder zwei preiswerte French-Maid Kostüme erstanden, eines davon hatte ich mitgebracht.

Ich lege das Kostüm aufs Bett und 30 Euro aufs Tischchen.

Wir ziehen uns aus und Agnes zieht sich mein mitgebrachtes Kostüm an.

Wir stehen vor dem Spiegel und betrachten uns beide darin.

Als Hausherr tätschle ich meinem Zimmermädchen den Knackarsch unter dem Kleidchen und dann greift meine Hand frech von oben in den Ausschnitt des Kostüms und holt eine ihrer Megatitten heraus.

Sie motiviert mich zum Weitermachen mit einem beherzten Griff an mein erigiertes Körperteil und ich, halb hinter ihr stehend und uns im Spiegel betrachtend, lege auch die zweite Brust frei, indem ich ihr das weiss gerüschte Oberteil ihres schwarzen Kostüms noch etwas weiter nach unten ziehe.

Hausherr Selector befummelt sein Zimmermädchen, sie ihn.

Schliesslich geht sie vor mir in die Hocke, setzt sich auf die Bettkante und bläst, während ihre aus dem Ausschitt hervorquellenden Brüste von mir massiert werden.

Steh wieder auf, Agnes. Stell dich wieder vor den Spiegel.

Dreh mir den Rücken zu. Lass dir das kurze Kleidchen nach oben schieben, über deinen Prachtarsch, damit ich deine Pobacken sehe.

Heb das eine Bein etwas an und lass dich von hinten nehmen, während ich dich von vorne im Spiegel sehe und dir die langen blonden Haare nach hinten streife, damit deine prallen Brüste, die oben aus dem Ausschnitt deines Kostümes hervorquellen, frei sichtbar sind.

Du machst mich geil, so geil.

Der anschliessende Wurf aufs Bett ist obligatorisch und dem Befehl, aufzusatteln kommst du gerne nach...

Das Hausmädchen reitet ihren Arbeitgeber, denn geiler Sex ist die Arbeit für die sie bezahlt wurde. Sie macht ihre Arbeit gut und ich frage mich, warum ich überhaupt noch zu anderen Mädchen gehe und nicht nur bei Agnes eindringe, äh, nicht nur ihren Service engagiere.

Ich halte es nicht mehr aus. Reisse dir dieses Kostüm vom Leib, streif es dir über den Kopf, aber hör nicht auf zu reiten. Zeig mir deine ganze nackte Schönheit, die Pracht deines schlanken Körpers mit den riesigen Titten. Lass sie über mir baumeln.

Zeigs's mir, Machs's mir,

Gib's mir, Gib mir alles, Mach mich fertig!

Ahhhhhhhh.

Der Fick deines Lebens

Jemand in meinem Bekanntenkreis hat plötzlich einen Schlaganfall gehabt, liegt im Krankenhaus, Folgen noch unklar. Habe es am Telefon von einem Kumpel erfahren. Wir Reden vom Alt werden, vom Pflegeheim, vom Sterben. Michael Jackson ist auch schon tot, mit erst 50 Jahren gestorben. Ich bin schon zwei Jahre länger am Leben als er. Patrick Swayze macht auch kein Dirty Dancing mehr, sondern zupft jetzt Harfe auf einer Wolke. Scheiße, es kann dich jederzeit treffen, morgen könnte der Reifen des Autos beim Überholmanöver bei 180 Sachen platzen. Nächsten Urlaub in Brasilien stürzt vielleicht der Airbus einfach so ins Meer oder ein Tsunami erwischt dich in Thailand oder eine Jugendgang tritt dir am Bahnhof die Birne zu Matsch.

Nach dem Telefonat denke ich: Wenn man mir sagen würde: „Hey Siggi, deine Sanduhr ist abgelaufen, du wirst morgen sterben, wie willst du den heutigen Abend verbringen? Heute ist die letzte Nacht vom Rest deines Lebens! Was willst du heute noch einmal tun?"

Gott weiß, ich will kein Engel sein, aber wenn ich morgen auch Harfe spielen müsste? Wie würde meine Abschiedsvorstellung aussehen?

Let's do it my way!

Dann wäre die Antwort kurz und knapp und klar: „Noch einmal gut Ficken."

Dann befriedigt einschlafen und meinetwegen nicht mehr Aufwachen.

Die nächste Frage wäre natürlich die Folgende: „Welches Girl ficken?"

Eine Ex-Freundin, die mit mir noch mal einen Mitleidsfick macht?

Nee, danke.

Wer so viele Huren kennt wie ich, der hat dann schon wieder die Qual der Wahl. Eine süße Kleine oder eine ordinäre Sexbombe?

Hmm. Die letzte Nummer.
Schmusestunde oder Schweinesex?

Geh ich zu einer, die sagt:
„Wie schön, dass du mich besuchen kommst?"

oder zu einer, die sagt:
„Komm her und fick mich, du geile Sau!"

Soll ich Fotze lecken und einen steifen Hals, Nackenschmerzen und Maulkrämpfe kriegen oder mir einfach nur genüsslich meinen steifen Schwanz lutschen und die Frau arbeiten lassen?

Soll ich heute zusehen, wie sich eine für mich ihr Kleidchen auszieht, oder pack ich mir eine, die kein Höschen unter Miniröckchen anhat und vögel sie einfach zwischen die Beine ohne Diskussion gleich in die Möse direkt unter ihrem Upskirt?

Soll ich ein Girlie besuchen, die sich einen innengepolsterten Mini-BH auszieht oder greife ich eine Frau mit großen Brüsten und hol ihr die großen Megatitten aus dem BH raus und lass ihr den BH an, damit die Riesendinger zusätzlich noch richtig schön nach vorne stehen? Sichtbare 120 cm Oberweite zum Anbeten und Angrabschen?

Soll ich heute süße Tittchen nuckeln, oder meinen Prügel zwischen zwei große Megamelonen stecken? Sich dieselben anschließend um die Ohren hauen lassen und den Kopf zwischen ihnen vergraben und im Fleisch versinken?

Will ich mich auf eine Süße drauflegen und mich von ihr an sich drücken lassen, oder will ich eine Sexbombe im Stehen ans Waschbecken drängen, ihr den Schwanz von hinten reinjagen und dann im Spiegel zugucken, wie ich sie von hinten ramme und von vorne die Megabrüste knete?

Während ich „ramme" schreibe, fallen mir Rammstein und der Song Pussy ein und ich frage mich: Will ich mich gemütlich zu einem Mädchen aufs Bett legen und rumschmusen oder das Weib aufs Bett werfen und wild von vorne und hinten durchorgeln?

Möchte ich ein zartes Mädchen, das brav die Beine für mich öffnet, oder eine wollüstige Frau, die sich mit beiden Händen die Schamlippen auseinander zieht und ihre Lustgrotte auf hält, damit ich hinein sehen kann, wo ich gleich hinein stoßen werde?

Während sie sagt: „Komm, fick mich!", denn die passende Akustik muss sein.

Darf sich ein Mädchen vorsichtig auf mich setzen und leicht schaukeln oder will ich hart geritten werden während mir Riesen-Brüste wie in einem Kultfilm von Russ Meyer (Gott hab ihn selig) vor den Augen baumeln?

Will ich ein zartes Seufzen hören oder ein forderndes: „Ja gib's mir, fick mich! Ja! Ja! Ja!"

Will ich Rücksicht auf ein zartes Gemüt nehmen oder mich in die Hände einer Professionellen begeben, die mir die Hoden knetet während ich sie stoße?

Die Wahl ist längst gefallen, das Kreuz gesetzt, ich habe mich für Agnes entschieden.

Das Mädchen mit dem Grün hinter den roten Ohren hat verloren. Die schwarze Nacht ist goldblond, hat Mördertitten und ist nix für Weicheier und Warmduscher, die schon die Heizung in der Wohnung aufgedreht haben. Die Bude zu Hause bleibt kalt, aber die Nacht wird trotzdem heiß, Das ist gewiss, denn Agnes hat mehr zu bieten.

Ich gehe zu Agnes mit den halloweenkürbisgroßen Monstertitten und ficke sie durch wie in dem Pornofilm mit Jenna Jameson, der auf dem Bildschirm zeigt, was ein guter Pornofick ist, der einen Sex-Oscar verdient.

Das war am Montag. Nach einem der besten Ficks meines Lebens ging ich heim und lachte, weil das bestimmt nicht mein letzter Abend in meinem Leben war.

Jetzt noch einen, zwei oder drei Absacker in der Stammkneipe. Wenn mein Schwanz die Agnes überlebt hat, meine Prostata den Megaorgasmus, dann müssen die Leber und die Niere das Bier jetzt auch noch aushalten müssen. Das Herz pumpt ja auch noch und ich kann noch klar denken.

Ich schickte einem Kumpel ein SMS:

„Potenztest am lebenden Objekt gemacht. Testos-
teron- und Sperma- Produktion sind okay. Ich geh
jetzt die Leber testen, Siggi."

Bin Dienstagmorgen tatsächlich wieder aufge-
wacht, war nicht mit dem Tod für das sündige Vö-
geln am Vortag gestraft worden. Musste wieder zur
Arbeit gehen statt friedlich und stressfrei Harfe
zupfen. Musste nicht Gott dienen sondern mit dem
Boss und den Kollegen gegen die Wirtschaftskrise
ankämpfen. Das irdische Leben ist hart. Eva mit
dem Apfel ist an allem Schuld.

Das einzige was sich seit gestern geändert hat, ist,
dass ich halt schon wieder einen Tag älter geworden bin. Mist.

Ich nähere mich also ständig diesem letzten Tag
meines Lebens. Den ganzen Tag für die Bilanz des
Konzerns und mein Gehalt gearbeitet.

Die Böhsen Onkelz würden sagen: „Wieder mal ein Tag verschenkt."

Nix da. Das Leben ist zu schön, um nach der Arbeit vor der Glotze zu hocken. Die GEZ kann ihr Geld behalten, ich guck trotzdem nicht hin.

Ich will jetzt Titten sehen, live, mit Anfassen und Dazwischenficken! Der Trieb ist noch in mir, der Jagdinstinkt, die Lust auf Fleisch, die Huren rufen: Kein Tag ohne Liebe! Und wenn sie nur körperlich ist und Geld kostet. Kannst eh nix mitnehmen auf die letzte Reise. Das Leibchen hat keine Taschen.

Die Agnes ist doch in der Lupi. Das muss ausgenutzt werden. Man wird ja nicht jünger, auch Agnes nicht. So jung wie heute kommen wir nicht mehr zusammen.

Runter von der Couch und rauf auf die Agnes!

Man lebt nur einmal. Aber bitte intensiv.

Das Leben kann so geil sein. Mit Agnes, wird es noch ein bisschen geiler. Ein bisschen? Was quatsch ich. Megageil. Was sag ich? Super-Megageil. Ich leg noch einen drauf: Zusätzlich mit perfekt aufgemotzten Megamöpsen. Ahhh, wie geil, ich komme! Das ansonsten Leben zeugende Ejakulat wird im Kondom verknotet und einfach in den Mülleimer geworfen.

Mörderische Nummer. Ist sie zu geil, bist du zu alt.

Es waren nicht meine letzten Tage bei Agnes.

Hallelujah!

Bye Bye Agnes

Jahrelang half mir Agnes, mein Leben zu genießen. Wenn ich sie wollte, war sie da für mich. Wenn ich eine andere Frau besuchte, war sie nicht sauer auf mich. Auch die Kolleginnen von Agnes versüßten mir das Leben und sie tun es noch heute, jetzt, wo Agnes nicht mehr in der Lupi anzutreffen ist.

Irgendwann erzählte mir Agnes, daß sie immer brav gespart und inzwischen drei Eigentumswohnungen in Polen hat. Sie kann jetzt von den Mieteinnahmen in Polen leben. Sie hört jetzt auf. Sie wäre ja schon über 35 und zu alt für den Job als Prostituierte. Nun, keine Hure will es ewig sein.

Agnes arbeitet nicht mehr in der Lupi. Man muss immer aufhören, wenn es am Schönsten ist. Für einige Jahre war sie meine große Liebe, immer wenn ich sie besuchte, immer nur für jeweils zwanzig Minuten. Die Zeit war immer schön mit ihr

Agnes, ich werde dich nie vergessen!

Siggis Leben ist aufregend und testosteronhaltig.

Es gibt noch mehr Storys und Bücher von ihm.

Hasenjagd im Singlemarkt
Liebe endet mit Liebeskummer, Sex mit Orgasmus

Die Schöne war das Biest
Ein erotisches Rollenspiel mit bösem Ende

Viel Sex für wenig Geld
Das erste Mail im Puff

Sex oder Salsa
Warum tanzen, wenn du Sex willst?

Lustlauf durchs Laufhaus
Alle Treppen führen zum Glück

Traumfrauen im Lotterbett
Im Puff können Märchen wahr werden

Sex mit der Sexbombe
Besser als im falschen Pornofilm

Gruppensex im Lotterbett
Flotte Dreier mit dem Freier

Flotter Vierer mit Zahlemann
Drei Frauen im Bett ist nichts Perverses

Zwanzig geile Minuten
Zwischen zwei Pils passt noch ein Höhepunkt

Spiel mit der Sklavin
Kleine Klapse auf den sexy Po

Vier Nächte im Rotlicht
Höllenglocken klingen geiler wenn sie Mira heißen

Weitere Storys und Bücher sind in Arbeit

Kontaktaufnahme, Leserbriefe:

Siggi Selector ist bei Facebook und Twitter